AF578440

On ne dit pas du mal des morts

Ivo Havermans

On ne dit pas du mal des morts

Roman

ISBN : 979-10-377-5136-2

Ce ne sont pas les absents qui ont toujours tort, ce sont les morts.

Louis-Ferdinand Céline

Le gardien du cimetière l'a regardé d'un drôle d'air et pour cause : devant la tombe de ses parents, un homme était en pleine discussion avec feu sa mère.

« Vous êtes sûr que tout va bien ? »

« Oui, pourquoi ? »

« Est-ce que monsieur ignore que ses paroles prononcées à voix haute peuvent déranger les autres visiteurs ? »

« Excusez-moi ! »

Rouge de honte, l'individu s'est aussitôt rendu vers la sortie du cimetière d'un pas pressé.

« Encore un qui est en train de flipper ! » dit le gardien à un témoin de la scène.

La mort simultanée de Didier et de Denis, ses deux meilleurs amis, aussi âgés que lui, avait tellement bouleversé François qu'elle lui a fait perdre les pédales. Depuis le jour de leur enterrement, sans s'en rendre compte, il a commencé à parler à voix haute à longueur de journée partout où il mettait les pieds. Il ne réalisait même pas que les gens se retournaient sur son passage.

La disparition de ses deux amis l'a plongé dans les affres de la solitude. Déjà abandonné par sa femme depuis plus de quinze ans, rarement invité par ses enfants qui vivaient à cinq cents kilomètres de chez lui, se jugeant trop âgé et privé des moyens financiers pour oser rêver de rencontrer l'âme sœur, à soixante-neuf ans, était-ce bien raisonnable de croire encore en des jours meilleurs et de se convaincre que des miracles pourraient toujours se produire ?

Comme il n'y avait plus personne à qui demander conseil, il s'était résigné à s'adresser à feu ses parents, ce qui explique sa visite au cimetière. Il s'était d'ailleurs bien juré d'y retourner, comme vous vous en seriez douté, je présume ?

Une semaine plus tard...

Neuf heures du matin. En s'arrêtant devant la porte du local d'entrée du cimetière, François a tout de suite été rassuré par le message affiché sur la pancarte qui avait été collée à la porte du local : « OUVERTURE PERMANENTE – GARDIEN ABSENT JUSQU'À 19 HEURES ».

D'un pas décidé, bouquet de fleurs à la main, François s'est rendu sur la tombe de ses parents. Après s'être assuré qu'il était seul, il s'est mis à leur parler.

« Il y a quelqu'un là-haut ? »

« Ne faites pas le mort ! Je sais que vous m'entendez ! Vous ne vous êtes pas encore remis de ma première visite, je parie ! Je me suis dit : peut-être que ça les intéresserait de savoir que Didier et Denis sont morts et que votre fiston avait perdu ses seuls amis. »

« Les fleurs, je les dépose par terre, parce que le gardien est absent. Sinon, je lui aurais demandé un vase. Vous faites la grasse matinée, ou quoi ? Vous avez intérêt à vous réveiller. C'est que j'ai plein de conseils à vous demander. Tout d'abord, en ce qui concerne ma solitude, vous auriez pas un remède, par hasard ? Par ailleurs, vous pourriez pas me filer les coordonnées d'une gonzesse qui en pince pour les mecs de mon âge et qui s'en branle de savoir que ce mec porte une prothèse dentaire ? »

« Je vous entends venir. C'est moi le seul responsable de ma solitude. Eh bien, mes vieux, vous vous trompez. Si elle m'a quitté, c'est pour le fric de son enculé de dentiste. Si moi, je suis pas millionnaire comme cette peau de vache, est-ce que c'est pas un peu de votre faute aussi ? Vous m'avez presque obligé à faire des études de philologie romane. Qu'est-ce qu'un prof de français peut ambitionner ? Hein ? Vous avez une idée de ce que je touche comme pension, vous avez oublié que je dois payer 350 euros par mois pour ma maison et jusqu'en 2024, par-dessus le marché ! C'est curieux, mais c'est pas dans tes habitudes, maman, de fermer la gueule ! »

« Comment tu dis ? Que je me répète tout le temps, que je vous fatigue, c'est ça ! Je ne demanderais pas mieux que de vous apprendre qu'une escort-girl s'est présentée devant ma porte et a insisté pour se faire baiser et à l'œil, en plus. Et qu'elle repasserait demain et tous les jours s'il le fallait parce que votre fiston n'arrêtait pas de la faire jouir et de lui procurer chaque jour un orgasme de plus ».

« Je devrais sortir plus souvent ? C'est bien ça ce qu'il a dit, mon vieux ? Ah bon ? Il est convaincu qu'à part moi, il n'y a aucun écrivain qui connaisse le nom de tous ses lecteurs. Tu n'as qu'à lui dire que je suis obligé d'écrire parce qu'avec 800 euros par mois, faire dans le social n'est pas une sinécure. En effet, ma consommation de tabac n'arrange pas les choses. Et ta bouteille de porto quotidienne, tu crois qu'elle coûtait moins cher que mon paquet de Gauloises ? Celui qui a réussi à trouver une partenaire avec 800 euros mensuels et une prothèse dentaire, ça m'étonnerait qu'il soit déjà né, à ton avis ? »

« Il faudrait tout de même pas oublier que je n'ai jamais demandé à être mis au monde. D'ailleurs, contrairement à ma sœur, cette connasse, j'ai jamais pu donner mon avis ! Vous m'avez jamais prévenu que je me retrouverais à 69 ans encore vivant, primo, et dans la dèche avec mes 800 euros, secundo. J'en ai plus rien à branler, de cette putain d'existence où je passe mes journées à énumérer tout ce que je ne peux pas acheter ! »

« Ma sœur, vous l'avez autorisée à faire sa vie où bon lui semblait. Elle s'est fait plein de copines lors de son séjour à l'école internationale à Mortefontaine. Moi, j'ai été obligé de rester dans mon bled alors qu'on m'avait déjà proposé un poste d'enseignant dans un lycée bruxellois. Là, au moins, il y aurait eu des élèves bilingues, mais à Diest, pour des élèves flamands, le français, c'est du javanais ! Ma sœur, elle, venait vous rendre visite deux fois par semaine. Au bout de deux heures, Madame tirait sa révérence ; il fallait la comprendre : ce serait bientôt l'heure de l'apéro avec ses sept copines parmi lesquelles il y avait forcément une Claudine, une Nathalie, une Caroline, bref, les prénoms classiques des femmes émancipées, donc divorcées et propriétaires de Golf, d'Audi, voire de BMW et autres bagnoles symboles de réussite sociale et d'indépendance. Après la consommation d'une bouteille de champagne et le départ de ma sœur, j'avais intérêt à me magner parce que le pharmacien et les caissières chez Carrefour étaient bien décidé(e)s à respecter l'heure du dîner, que vous ne manquiez jamais de me rappeler. »

« En ce qui concerne mon manque de respect envers mon beau-frère, figurez-vous que c'est votre attitude à son égard qui en est à l'origine ! Comme il était bourré aux as, vous lui avez toujours léché les bottes. En plus, il ment comme il respire. Un jour, il m'a dit qu'il avait été gardien de but de l'équipe de foot de Diest. Je me suis renseigné auprès d'anciens joueurs. Bien entendu, personne ne s'est souvenu de G.D. ! À cela s'ajoute qu'il n'arrêtait pas de chercher des noises. Vous vous souvenez sûrement de ce dimanche où il nous a révélé qu'il s'était fait fracturer le nez par un jeune à qui il avait intimé l'ordre de ramasser le mégot que ce dernier avait écrasé sur le trottoir. Il m'a bien fait marrer. J'ai failli lui répondre que c'était bien fait pour sa gueule. Mais ça vous aurait pas arrangé de voir tourner au vinaigre votre sérénité digestive et votre quiétude dominicale. Si ça peut vous rassurer, sachez que ma sœur et son primate, je ne les ai plus revus depuis le jour de ton enterrement, maman, il y a quatre ans. »

« Ça, il faut le demander à ma sœur, pourquoi on s'est perdus de vue. Moi, j'ai jamais demandé à mon vieux pourquoi il s'était brouillé avec sa frangine. Je ne me suis jamais mêlé de ce qui ne me regardait pas, que je sache ! Ma sœur s'est foutue de nous tous et vous le savez bien. Je n'oublierai jamais les paroles de mon père : "Méounes appartient à tous mes enfants et à leurs petits-enfants".

Apparemment, les mots de mon daron ont dû être emportés par le vent qui s'est échappé du derrière de mon beauf' et il faut avouer aussi que le chien était le seul à ne pas contester l'autorité parentale. Pour mes enfants et moi-même, Méounes n'a jamais existé. Point final. »

« Mais, je viens de te dire que je ne tiens plus à avoir des nouvelles de ma sœur ni de sa fille, d'ailleurs ! »

« Comme Cléo n'arrêtait pas de publier sur Facebook des photos de la piscine de Méounes et d'ajouter des commentaires en anglais, je lui ai fait comprendre que je n'en avais rien à branler, de la langue de Shakespeare, primo et que, secundo, ni Méounes ni son existence ne m'intéressaient plus ! »

« Pour l'amour de Dieu, arrête de me faire la morale une fois pour toutes. Pendant 65 ans, j'ai servi de bouc émissaire. Pas question d'accorder les mêmes privilèges à fiston qu'à sa sœur. On ne vous y reprendrait plus. Pendant dix ans, vous m'avez chargé de missions d'espionnage chaque fois que ma sœur n'était pas rentrée à 18 heures et qu'elle était occupée à boutonner son chemisier sur la banquette arrière de la Chevy d'Andy à moins que ce ne soit l'R8 Gordini de Philippe à la sortie du parc municipal. Vous n'avez même pas eu le culot de vous charger vous-mêmes de ces missions. Pourtant, tu t'es pas gênée, maman, pour entrer dans le troquet en face du lycée où je passais les mercredis après-midi avec mes potes et me signaler qu'il était temps de rentrer puisqu'il était seize heures passées de deux minutes. Le soir, à l'heure du dîner, tu me mettais en garde contre la fréquentation de Caroline ou de Marie-Christine ou de Julie parce que leurs parents avaient trop résisté ou trop collaboré pendant la guerre ou parce que le père de Marie n'était pas son vrai père et d'autres énormités ! »

« Il n'en est pas question de prendre des nouvelles de ma frangine.

D'ailleurs, elle n'a pas arrêté de me critiquer. “T'aurais pas pu te faire couper les cheveux, tes vêtements sont d'aussi mauvais goût que tes plaisanteries”, j'avais souvent l'impression qu'elle avait honte de moi. Vous vous souvenez de son commentaire en plein public quand elle a appris que ma femme voulait divorcer ? Non ? Je vais vous rafraîchir la mémoire : “Je te l’ai toujours dit qu’elle était trop belle pour toi !” Si, je vous assure, Arly, Josépha, Rosette, bref, toute ta clique, sans oublier le patron du bistrot et le serveur, la terrasse entière quoi, a appris que je ne méritais pas une si belle femme. En plus, elle ne s’est pas gênée pour me le dire en face, la garce ! »

« Que j’oublie tout ce qu’elle a fait pour moi ? Je vais vous raconter quelque chose que vous avez toujours ignoré. À Louvain, j’avais une chambre d’étudiant tout près d’un bistrot très branché, fréquenté par des étudiant (e)s issu (e)s de la moyenne bourgeoisie. Ma sœur et son futur mari s’y retrouvaient trois fois par semaine. Ils s’entendaient tellement bien que ma sœur venait souvent me réveiller en pleurant et en me suppliant de la ramener chez elle parce que son prince charmant avait passé la soirée à draguer d’autres gonzesses.

Il ne s'est pas passé une semaine sans que je n'aie été réveillé à 2 heures du matin par les coups de klaxon répétés de ma sœur qui m'attendait sur le siège passager de ma 2CV, les larmes aux yeux, l'haleine alcoolisée. Je n'ai pu compter qu'une seule fois sur ma sœur. Elle m'a filé l'adresse d'une sorte de dispensaire où mon ex s'est fait avorter dans la clandestinité avant notre mariage parce qu'elle était issue d'un milieu ultra-catho où l'apparition en robe de mariée ballonnée équivalait à un acte de dépravation. »

« Au contraire, ça me soulage de déballer mon linge sale ! »

« Arrête avec ça ! Ils sont tous morts, ceux qui aimeraient en savoir plus sur nos secrets de famille ! »

« Parce que tu crois vraiment qu'il y a des lecteurs qui se passionnent pour notre vie intime ? Décidément, le qu'en-dira-t-on est une vraie obsession. Vous semblez oublier que "des morts, on ne dit que du bien". Si ça peut vous rassurer, sachez qu'aucun lecteur ne s'intéresse à l'histoire de la famille H., pour la bonne et simple raison que cette famille n'a pas d'histoire. C'est en tout cas ce qu'en pense quelqu'un qu'on a bien connu. Chaque fois qu'il avait un verre dans le nez, il ne cessait de répéter que “les peuples heureux n'ont pas d'histoire”, pas vrai, papa ? Pour en revenir à mes lecteurs, ils sont majoritairement francophones et il est peu probable qu'ils sachent où j'habite. À cela s'ajoute que je n'évoque jamais ma vie personnelle et que mes histoires sont si abracadabrantes que personne ne croit à aucun moment que ce que je dis est vrai, que je l'ai vécu, quoi ! »

« Mais bien sûr que non ! T'es pénible, tu sais ! Tu n'y es pas du tout.

J'ai pas attrapé la grosse tête ! Si j'écris en français, c'est uniquement parce que je le maîtrise mieux que le néerlandais. Tu aurais oublié que ça fait plus de cinquante-cinq ans maintenant que je lis des romans, des poèmes et des pièces de théâtre d'auteurs francophones ou d'écrivains étrangers traduits en français ? Tu serais pas confrontée à des prémices d'Alzheimer, par hasard ? »

« Je n'en sais rien. J'ignore si mes livres se vendent bien et ça m'intéresse pas de le savoir. Je t'ai déjà dit que je supporte mieux la solitude et l'absence de mes enfants quand j'écris. J'oublie mes soucis financiers quand je suis assis devant mon clavier. Si je ne devais pas me contenter de huit cents euros par mois, vous imaginez bien que je me serais pas déplacé parce que j'aurais eu aucune raison de venir me plaindre auprès de vous. »

« Vous lisez dans mes pensées ! J'ai bien l'intention de chercher un boulot et pour ne rien vous cacher, j'ai déjà eu un entretien d'embauche avec le gérant d'un supermarché qui recherche désespérément un nouveau magasinier. Mais ne vous faites pas trop d'illusions. Il y aura des dizaines de postulants beaucoup plus qualifiés que moi. Il faut pas oublier que la dernière mise à jour de mes compétences numériques a été faite il y a six ans. »

« T'es "very old school", tu sais ! Mais pour te faire plaisir, je me présenterai chez le directeur de la boîte en costard-cravate et chemise blanche. »

« Tu fais bien de me le rappeler. J'avais oublié qu'il y a un coiffeur dans ma rue ! »

« Non, pas question de me servir du rasoir à main Gillette de mon vieux ! La seule fois que je l'aie utilisé, je me suis coupé partout. En me voyant, le directeur se sentirait mal à l'aise face à un passionné des bagarres au couteau et il n'y réfléchirait pas à deux fois avant de rejeter ma candidature. »

« Oui, je penserai à nouer mes lacets. Puisque je viens de te dire que je le jetterai, mon chewing-gum ! Je vais pas me raviser et le cacher dans mon mouchoir après l'avoir ramassé ! »

« Et où est-ce que je range mon portable, mon paquet de cigarettes, mes clés, moi, si je peux pas découdre les poches de ma veste ? »

« Une sacoche pour hommes ? Mais c'est un gadget pour les gays, ça ! »

« Un "gay" est un pédé ! Dites donc, vous n'êtes pas "chébran", c'est le moins qu'on puisse dire ! »

« Laisse tomber ! Vous êtes trop vieux pour apprendre le verlan ! »

« Non, mais, t'as pas honte de me traiter comme un enfant mal élevé ? T'en as pas assez de faire la morale à un septuagénaire qui n'a jamais humilié ni critiqué ni ridiculisé les gens qu'il a côtoyés ? »

« Tu l'auras voulu ! J'entrerai dans son bureau, cigarette aux lèvres, je lui en présenterai une, j'ignorerai le panneau "espace non-fumeurs", je m'allongerai dans mon fauteuil et je mettrai les pieds sur son bureau, la fumée de la cigarette, il la recevra en pleine poire, et le mégot, je le jetterai tout allumé dans sa corbeille à papier ! Remarque : si son plancher avait été recouvert d'un tapis persan d'Isaphan, le mégot, je l'aurais écrasé. Ça te satisfait comme réponse ou veux-tu que j'en rajoute une couche ? »

« Que je manque de respect, moi ? Non, mais, c'est la totale ! Toute ma vie, je l'ai passée à respecter. Mises à part les limitations de vitesse, j'ai respecté tout ce qu'il y a à respecter. J'ai conjugué le verbe “respecter” à tous les temps et à tous les modes. J'ai respecté la proximité du verre avec la prothèse dentaire de mémé, la présence du cigare allumé de pépé sur mon assiette à côté de mon bifteck, les critiques de ma tante Josée parce que je lui avais involontairement servi une escalope plus petite que celle que j'avais mise sur l'assiette de sa sœur, la tante Renée. J'ai jamais demandé à mon oncle André pourquoi il avait un fils alors qu'il était curé de son état. Je lui ai jamais demandé non plus comment son fils s'appelait ni s'il allait devenir curé, lui aussi. Lorsque l'oncle Joseph a changé de sexe et s'est fait appeler tante Josépha, à part moi, personne ne l'a félicité(e), vous souvenez ? Bien sûr que non ! Et qui a respecté la décision de l'oncle Gaston de se mettre en couple avec la femme de l'oncle Clément, son frère, nota bene. À votre avis ? Plus mon prof de chimie me traitait d'imbécile, plus je le respectais. Lorsque le prof de maths disait qu'il n'avait jamais rencontré un élève aussi idiot que moi, j'opinais du chef. »

« Si tu prétends que je mens, c'est ton problème ! Une fois de plus, tu as peur que quelqu'un puisse s'intéresser aux avatars de la famille H, si respectée. Tu crois vraiment qu'un lecteur de la Seine-Saint-Denis ou qu'une lectrice de Limoges s'en branle, de notre arbre généalogique et de la tante Josépha ? Si ça se trouve, ce lecteur ou cette lectrice est fils ou fille de curé aussi ! »

« C'est pas tout ça, mais la principale raison de ma visite, c'est la volatilisation mystérieuse d'un compte courant et surtout du montant de mille cinq cents euros que la tante Liliane y aurait viré à l'intention de mes enfants un mois avant son décès, il y a quatre ans. Remarquez, moi, j'avais complètement oublié. Mais mes enfants, eux, m'ont longtemps soupçonné d'avoir vidé ce compte et je peux vous assurer que leurs regards suspicieux m'ont fait souffrir le martyre. Et ça, je ne vous le pardonnerai jamais ! »

« Ah bon ! L'existence de ce compte ne vous dit rien. Votre empressement à répondre m'épate. C'est curieux ! C'est comme si vous l'aviez toute prête, votre réponse, comme si vous vous y attendiez, quoi ! Non, je n'insinue rien, je constate seulement. »

« T'as la migraine, maintenant ! Voilà autre chose ! Comme tu veux !

J'arrêterai de ressasser le passé. N'empêche que ces quinze cents euros représentent une jolie somme d'argent. Étant donné que ni vous ni moi ne savons comment cet argent s'est volatilisé, je ne vois qu'une personne capable de l'avoir subtilisé ! »

« La femme de ménage ? Mon ex ? Leurs maris respectifs ? Le banquier lui-même ? Sa maîtresse ? Pourquoi pas soupçonner carrément mes enfants d'avoir imaginé l'existence de cet argent, pendant que vous y êtes ? Mais alors, la tante Liliane m'aurait montré de faux extraits de compte ! Allez savoir ! Faut s'étonner de rien ! »

« Qu'est-ce qui vous fait dire ça ? Au contraire, j'en mets ma main à couper : jusqu'à preuve du contraire, ma sœur n'est pour rien dans cette affaire ! »

« Ce que j'entends par "jusqu'à preuve du contraire ?" Ce n'est qu'une simple façon de parler. J'aurais tout aussi bien pu dire que la vérité finit toujours par se savoir. Ceci dit, on ne peut tout de même pas aller jusqu'à accuser le caniche de la tante Liliane d'avoir mangé ces extraits de compte en banque, non ? »

« Que le caniche les aurait dissimulés quelque part ? Passe encore !

Mais je le vois mal se trimbaler avec le coffret qui contient les couverts Christofle ou avec le carton rempli des ustensiles de cuisine Le Creuset, à moins que vous n'en sachiez plus que moi ! »

« Me voilà soulagé. Tout s'explique. Comme je ne me fais pas souvent à manger moi-même, vous avez dit à ma sœur qu'elle pouvait tout garder pour elle. Non, l'idée ne me viendrait jamais à l'esprit d'inviter quelqu'un à dîner. Et tant pis si j'ai appris à me débrouiller en cuisine ! C'est de ma faute ! J'aurais dû vous le dire plus tôt ! »

« Tu sais, maman, pour une fois, je suis d'accord avec toi. En effet, ma sœur reçoit à dîner des gens très attachés au protocole. Il est donc normal qu'elle ait hérité des couverts

Christofle et des assiettes Granville. Bien sûr que j'ai tort d'être jaloux ! »

« Ah bon ! Elle a été chic, ma sœur ! J'en conviens... Mais, franchement, à quoi aurait-elle servi, la tondeuse à gazon, étant donné que le jardinier de ma frangine en a une, lui aussi. Au contraire, je suis très content d'avoir hérité de la tondeuse à gazon à papa, même s'il me l'a léguée en pièces détachées et que j'ai dû payer deux mille euros pour les faire assembler ! »

« Qu'est-ce que tu t'imagines encore ? Bien sûr que je suis très reconnaissant à papa de m'avoir offert sa tondeuse. Bien sûr qu'il y en a un tas qui sont plus à plaindre que moi. Je me souviens parfaitement des Durand. Oui, maman, je sais qu'ils avaient, eux aussi, un fils et une fille, Franck et Julie. »

« J'ai du mal à te croire. D'après toi, Julie, comme elle ne s'est pas mariée, aurait exigé de la part de son frère que celui-ci, après son mariage, fasse l'inventaire de tous ses cadeaux de mariage et qu'il partage en deux la somme d'argent équivalant à la totalité des cadeaux. »

« Tu deviens gâteuse, tu sais. C'est pas du tout comme ça que les choses se sont passées. Franck et sa femme avaient décidé, d'un commun accord, d'offrir à Julie tous les cadeaux qu'ils avaient reçus en double. Julie, quant à elle, n'avait rien demandé du tout. Maintenant, je comprends pourquoi tu viens de dire que je n'ai pas à me plaindre ! D'ailleurs, je les ai bien connus, Franck et sa sœur. Je les ai souvent enviés parce qu'ils s'entendaient comme larrons en foire. »

« Voilà ! C'est sans doute notre écart d'âge qui explique que je n'ai jamais été sur la même longueur d'onde que ma sœur. Un jour, elle s'était tellement foutue de ma gueule que j'ai saisi un couteau et me suis lancé à sa poursuite. Malheureusement, elle venait de fermer la porte de sa chambre quand le couteau s'y est planté. Aujourd'hui encore, il m'arrive de regretter de l'avoir ratée. Si j'avais eu un frère aîné, je l'aurais admiré, respecté, j'aurais été fier. Ma sœur, par contre, je l'ai jamais écoutée, respectée, elle est bête à manger du foin, conne comme une valise sans poignée et j'en passe... Quand elle s'est aperçue que mon père et toi, vous lui pardonniez tout et que c'était moi qui devais payer les dégâts, je me suis dit qu'on n'est jamais si bien servi que par soi-même et à trente ans, j'ai mis votre existence entre parenthèses. »

« Ce que je vous reproche ? J'aurais pas assez de papier pour faire la liste de toutes les humiliations et tous les affronts que vous m'avez fait endurer ! »

« Des exemples concrets ? Bon, vous l'aurez voulu. Grâce à toi, maman, toute la ville est convaincue que je suis un alcoolique à la fois bipolaire, autiste et schizophrène. Mais tu oublies de signaler que ce sont des maladies génétiques. Autrement dit, c'est toi qui me les as filées. Quand tu avais trop forcé sur le porto et le vin blanc, tu n'hésitais pas à prendre la défense de mon ex et à affirmer qu'elle avait bien fait de me quitter. »

« Vivre avec un homme qui ne sait même pas nouer ses lacets, qui est paresseux comme une couleuvre, qui passe son temps à écrire, qui se met à bâiller en voyant un canapé, ça a dû être l'enfer pour mon ex- belle-fille. Qu'il ait réussi à engrosser celle-ci reste un mystère. Soit, il a été peu regardant sur la posologie du viagra indiquée par son médecin, soit, il a dû inviter quelques copains. »

Non, non, je ne déforme pas ton discours. Mon imagination n'est pas aussi débridée que la tienne, heureusement ! « Si tu avais au moins eu le tact de m'humilier en présence de gens qui connaissaient ta réputation de fabulatrice et qui savaient qu'il fallait prendre avec des pincettes tout ce que tu disais, je t'aurais pardonnée, mais rien à faire, il fallait que madame Elza mette les rieurs de son côté ! »

« Non, tu mens ! Tu idolâtrais ma sœur. Tu n'as jamais raconté de blagues sur elle. Et pourtant, c'était pas le génie de la bêtise qui lui faisait défaut. Elle était même dotée d'un sens inné des idioties. Mais, comme par miracle, le directeur du personnel de Brussels Airport avait non seulement le bras long, mais faisait aussi partie de la famille. Et comme les bêtises de ma sœur l'amusaient, mon oncle lui a confié la responsabilité du service protocole de l'aéroport. Tout le bled devait savoir que ma frangine connaissait toute la famille royale, que la reine Fabiola lui faisait même des confidences, que le Premier ministre s'envoyait une demi-bouteille de whisky avant de prendre son avion, que le fils du roi du Maroc en pinçait pour elle, que malgré son diplôme de bachelière, son salaire s'élevait à deux mille neuf cents euros, deux cents euros de plus que celui de son frère, qui était master, non mais, vous vous en rendez compte ? »

« Oui, je vois ! C'est peut-être ça, la vérité ! Je serais, en effet, jaloux de ma sœur parce qu'elle a "réussi" sa vie. Je vous avoue que je ne l'avais pas encore prise en considération, cette éventualité. Mais oui, t'as raison, j'ai pas digéré la nouvelle que ma sœur s'était vu offrir une photo dédicacée d'Adamo. Tu vois bien, maman, que c'est pas que des conneries, ce que tu me lances à la figure. J'irais même jusqu'à dire que ma sœur et toi, vous vous valez bien quand il s'agit de débiter des âneries. »

C'est pas tout ça, mais tu m'as assez fait chier ! Sur ce, je vous salue, tous les deux !

Rassurez-vous, je vais pas cracher sur votre tombe, je vais me contenter d'y écraser le mégot de ma cigarette.

Imprimé en Allemagne
Achevé d'imprimer en janvier 2022
Dépôt légal : janvier 2022

Pour

Le Lys Bleu Éditions
40, rue du Louvre
75001 Paris

LE LYS BLEU
ÉDITIONS

www.ingramcontent.com/pod-product-compliance
Lightning Source LLC
LaVergne TN
LVHW020533160826
845677LV00015B/4040

9791037751362